ENTRE CONTOS

ENTRE CONTOS

Os textos desta obra obedecem às normas do Acordo Ortográfico da Língua Portuguesa de 1990, em vigor no Brasil em 2009.

Edição, diagramação, capa e ilustrações: Gleidson Melo
Revisão: Roque Weschenfelder
Revisão, posfácio e pernambuquês: Jairo Freitas

Dados Internacionais de Catalogação na Publicação (CIP)
Agência Brasileira do ISBN - Bibliotecária Priscila Pena Machado CRB-7/6971

```
M528   Melo, Gleidson.
           Entre contos / Gleidson Melo. — Campo Grande : Enseada
       dos Pensamentos, 2020.
           127 p. ; 21 cm.

           ISBN 978-85-906313-3-0

           1. Contos. 2. Literatura brasileira. I. Título.

                                                      CDD B869.3
```


[2020]

Site do autor: www.enseadadospensamentos.com.br
E-mail: gleidsonmelo@enseadadospensamentos.com.br

Amar a vida e respeitar o outro, eis uma questão de sabedoria: aos meus pais, esposa e filhos.

Agradecimentos a Jairo Freitas, Roque Weschenfelder e Marta Melo, por suas valiosas contribuições para edição deste livro.

Sumário

PARA REFLETIR

Enquanto os pensamentos ganham inspiração e voam com a lógica poética, escrevo porque não tenho pressa. O amor e a paixão me acompanham num instante que é somente meu.

Faço os rabiscos por pura sedução e escrevo pela satisfação. Acredito na força maior que move a vida por nos conceder maravilhas: lua, estrelas, mar, os pássaros e todas as coisas da natureza.

Componho por paixão e a cada dia estou mais apaixonado. Assim, o tempo passa no modo de agir, e sigo a escrita por pura felicidade. Na viagem do pensar, escrevo para você.

Muitos caminhos surgem como oportunidades, e outros sequer puderam surgir, pois o trem da vida segue nos trilhos rumo ao finito, ultrapassando barreiras e quebrando o silêncio do mundo. Resta-nos acompanhar a sinalização de cada estação. Nesse mar de desejos, afetos e desafetos, vale mais livrar-se daquilo que já não serve mais.

Como numa escada, todos os passos levam ao alto. Porventura, encontramos degraus feitos de madeira enfraquecida pelo tempo, e poucos são aqueles que resistem às intempéries. Muitas vezes não sabemos onde pisar, mas seguimos e nos guiamos por quem já passou. Certamente alguns caíram e não quiseram levantar, enquanto outros não tiveram a oportunidade de encontrar o seu destino. Aqueles que seguiram o caminho certo chegaram ao seu propósito final. Sabedoria e humildade poderão fazer toda a diferença e apontar para a melhor direção. Não estamos sozinhos, uma força maior nos guia a todo o momento, mostrando-nos a melhor forma de seguirmos em boas companhias e na melhor direção.

Devemos nos preparar para os dias vindouros e conquistar sempre à base da motivação e ao lado de pessoas especiais. Essa deve ser uma das trilhas da sabedoria.

Que possamos sentir o prazer da paz, abraçar o presente e brindar os momentos de felicidade, porque o conforto da alma acalma e traz a tranquilidade necessária para a mente. Nada poderá fugir do controle. Com sensatez e com os pés no chão podemos encontrar a atmosfera perfeita da alegria do viver. O que se tem feito, que seja com amor, porque o retorno será verdadeiro.

Em meio a tantos obstáculos surgem os prazeres da vida, e tudo deve acontecer na medida certa e no seu curso normal, pois os acontecimentos se desdobrarão de uma forma ou de outra. As páginas da vida devem ser viradas, e tudo o que for velho e não nos servir mais, deverá ficar no caminho e se perder no tempo. Com a mente em estágio elevado de tranquilidade e sadia, repleta de bons pensamentos e cultivada com sabedoria, um passo de cada vez deverá marcar a incansável marcha do tempo.

Gestos simples podem fazer a diferença, porque a vida é um grandioso presente e todas as sementes do bem, lançadas nos campos da nossa vivência, retornarão em forma de gratidão e prosperidade. Uma boa semeadura consiste em amar ao próximo. Buscar paz e sabedoria, esse deve ser o nosso lema. Viver nos revela grandes surpresas e devemos estar sempre em alerta. Sorte lançada no nascimento, um grande milagre acontece a todo instante. Momentos difíceis surgem no circuito das chegadas e partidas. Todavia, nada resiste à linha do tempo, e tudo se renova como as ondas do mar. Passam os dias e as horas marcam o compasso da vida, e tudo pode acontecer. As novidades surgem com grandes transformações. Assim acontece com a natureza humana. Jamais desista do sonho, combustível que nos impulsiona a viver. Sejamos capazes de mudar o instante, pois a vida é o grande livro da sabedoria, aberto, com algumas páginas em criptografia.

Num mundo de sonhos e realidade, cada objetivo deverá ser tangível. Quando queremos, nem sempre sonhamos, mas quando sonhamos de verdade, partimos em busca da realização. Existem sonhos os quais apenas queremos que se realizem por si próprios. Também existem aqueles que buscam realizações nas configurações de um mundo real.

Devemos descartar os sonhos sem objetivos daqueles que realmente almejamos alcançar. Isso fará uma grande diferença na luta particular por conquistas. Ao despertar para uma nova jornada, lembre-se de que a vida presenteia você com mais um dia de prosperidade e bonanças. A alegria se faz presente, e o amor determina os compassos do coração, sendo que tudo pode se tornar sensação de prazer e bem-estar.

Também existem os dias de nuvens carregadas que deixam sempre um ar de dúvidas. Nós nos limitamos e não sabemos se devemos seguir. Com um clima assim, é melhor não sair de casa. Dias de tempestades são conflituosos. O mundo parece desmoronar em cima de nossas cabeças, e tudo parece difícil de assimilar. Sejamos fortes e humildes para a condução das situações do cotidiano. Assim como os dias de sol e de nuvens carregadas, tudo passa como num grandioso ciclo de emoções.

Este é um livro de pequenas histórias e traços de reflexões assinados pela poética da vida.

Gleidson Melo

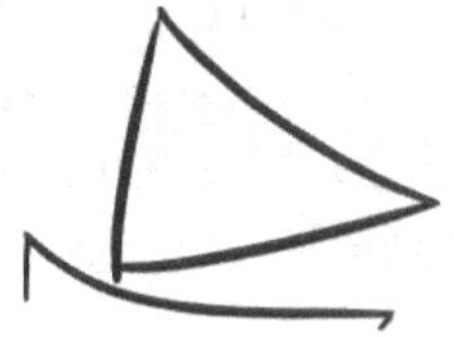

Felicidade com urgência

Bondade, gentileza e simplicidade também devem fazer parte dos nossos planos, porque o retorno será certo e verdadeiro. Felicidade com urgência para quem estiver triste: um sorriso sempre que possível também será bem-vindo. Mas, na fogueira, uma gota d'água não é nada. Perder ou ganhar faz parte da vida.

Flutue e viaje

Quando o chão faltar-lhe aos pés, flutue e viaje no espaço do tempo; você vai encontrar momentos inesquecíveis.

Estações

No trem da minha vida não existe solidão. Tristes ou felizes, assim são as estações. Os desafios sempre estão por vir, e nos trilhos refaço os caminhos. O assovio do apito anuncia grandes movimentos. Esvoaçam cinzas nos pontos de partida. Em cada instante, um novo desafio: respiro a paz e a vida. Gostoso é poder cantarolar no embalo da amizade e curtir um bom motivo de felicidade.

LAR PROSPERIDADE

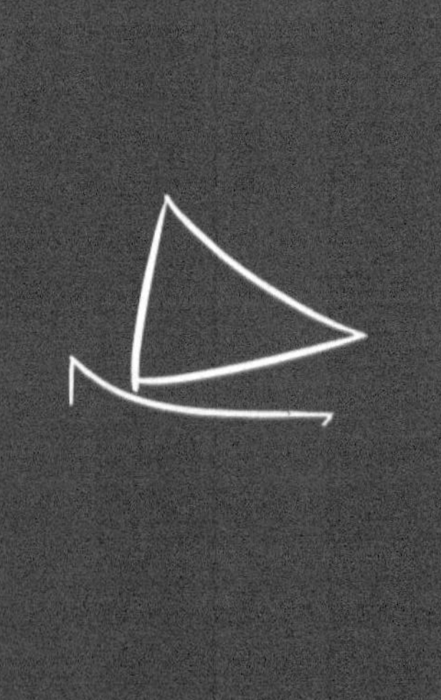

Um lar de idosos é um cantinho especial. Um lugar para refletir, compartilhar solidariedade e histórias de vida. Pude perceber isso quando fui a uma das atividades de voluntariado no Lar Prosperidade, no Recife. O local era cercado por pássaros e árvores. A mais bela era o flamboiã, robusta por excelência, fornecia sombra necessária às tardes insólitas de domingo. Lembranças da Aurora. Vez por outra, os grupos de voluntariados traziam dignidade e conforto aos mais carentes de afeto, e à espera de uma simples palavra de conforto.

Balões canudos

A conversa corria solta naquele espaço de integração e de solidão. Sim, solidão, enquanto não despontava o final de semana ou um feriado especial. De tudo se fazia para se alegrar: das cantigas animadoras, ao som do violão, às rodadas das mais diversas histórias de vida. Em uma das visitas, trouxeram uma atividade que consistia em transformar balões compridos em formatos que pudessem representar animais que vivem livres na natureza e outros bichos domésticos. A expectativa era para que a atividade fosse de total imersão e entretecesse os idosos.

Seu Bernardino seguia fiel nas instruções. O homem, que aparentava oitenta anos, despertou a atenção da equipe, porque permanecia sisudo e fechado em seu mundo. Depois de algum tempo, percebi que se tratava de uma pessoa que havia perdido a visão; talvez fosse pela idade ou falta de um tratamento que lhe devolvesse a luz e as cores da vida.

À medida que estava concentrado, atendia aos comandos do instrutor para a montagem dos "bichos". A destreza, ao manusear os balões canudos, era de se admirar. Mesmo diante da limitação, orientado por palavras, conseguiu fazer uma bela arte.

Seu Bernardino tivera uma vida difícil, típica de cortadores de cana de sua época. Ainda quando tinha suas habilidades motoras a todo vapor, trabalhava na zona canavieira, próxima do litoral pernambucano. Com muita dificuldade, pôde criar os cinco filhos, que, de certa forma, não tiveram o destino do pai. Cada um seguiu uma profissão que lhe garantiu êxito. Sebastião, Sônia e Marilda concluíram os estudos básicos, conquistaram sucesso nos negócios e formaram suas famílias. Sebastião e Marilda tinham uma vida mais tranquila e abastada, porque tocavam seus próprios negócios no comércio de bairro.

Durante o tempo que criava os filhos, seu Bernardino contava com a ajuda da esposa, dona Laura, uma mulher sertaneja e de fibra. À luz do dia, quando o esposo trabalhava no canavial, ela revezava o tempo entre cuidar dos filhos e manter uma atividade paralela de lavadeira e passadeira de roupas. Ainda muito cedo, sofreu um mal súbito que lhe custou a vida.

As coisas, que já não estavam fáceis para a família, se tornaram ainda mais difíceis. Sônia e Marilda, já adolescentes, assumiram as obrigações do lar.

Quando os filhos apareciam no lar de idosos, seu Bernardino se alegrava com a simplicidade da vida.

Na situação de senil, em muitas famílias, os filhos e outros parentes próximos não se importam com os idosos, que, de alguma forma, por falta de atenção e cuidados, acabam abandonados, à custa de que a vida seria muito complicada para cuidar de um parente que necessita de atenção e mais cuidados.

O tempo

Quanto ao tempo, aguarde mais um pouco. Sabemos que a longa espera atordoa, e as horas parecem se esgotar. Pressa, pra quê? A vida seguirá o rumo no seu compasso. Chegaremos lá, sem pressa, sem medo e com a certeza de que tudo vai dar certo. Buscar inspirações nas coisas mais simples da natureza revelará o quão importante cada momento pode se tornar especial.

Peixinhos fritos

Naquele lugar especial, ouvi muitas histórias, dentre elas, o relato de dona Rosália, uma das visitantes que acabara de conhecer. Ao resgatar sua trajetória de vida, trouxe as recordações do passado.

Meu nome é Rosália, tenho setenta e seis anos, morava num *mucambo* feito de pedaços de pau cruzados e recheados com barro. Era uma casa pequena com dois quartos, sala e cozinha no mesmo lugar, piso batido de terra vermelha, com um banheiro pro lado de fora da moradia. Assim eram as casas da minha rua.

Eu, minha mãe Glória e as irmãs, Celeste, Vitória e Florinda, sobrevivemos diante de situações de dificuldades. Leite não existia, e quando acabava a farinha com sal, íamos apanhar frutinhas vermelhas no mato para saciarmos a fome. Sempre na época das frutas, comíamos carambolas e catávamos mangas.

Pescar no açude e depois comer *cambimbas* fritas, uns peixinhos *miúdos*, também era uma farra. Naquela época, quando a crise já estava instalada no país, e o homem saía do campo para morar na cidade, até o sal era difícil de se ter em casa. Quando a fome apertava, às escondidas, farinha de mandioca seca com água solucionava o problema, porque tudo era racionado, e mamãe não podia saber que éramos *trelosos*.

Aos oito anos, era a primeira das irmãs a conseguir um emprego em casa de família. Logo, comprei uma panela de barro para a minha mãe. Um ano mais tarde, Celeste, Vitória e Florinda foram labutar e seguiram o mesmo destino, o de trabalhar em casas de famílias.

Aos poucos, fomos erguendo o nosso lar. Todo mundo admirava o esforço de cada uma de nós. Éramos fortes e não desistíamos diante das dificuldades.

Felizes, passamos a comer bacalhau. O peixe não era tão salgado como os de hoje, mas, era uma delícia. *A charque*, quando possível, era servida como uma saborosa refeição com farofa e café. O alimento, em geral, era pobre em nutrientes e deixava a nossa pele bem amarelada.

Mamãe não ficava parada e sempre lavava roupas pra fora. Lavava e passava em ferro aquecido a carvão. Ainda lembro do cheiro da fumaça que invadia o ambiente e deixava tudo num clima majestoso, próprio da infância. Até posso imaginar o sentir do calor e ouvir o estalido do carvão no ferro à lenha.

Vivendo em um período de complicações políticas, nem todo mundo podia sair de suas casas. A Liga Contra Mocambos, assim chamada por mamãe, derrubava qualquer casa que fosse irregular.

Com o tempo, essas moradias foram se consolidando cada vez mais, formaram favelas e locais de difíceis acessos, com escadarias e degraus bem altos. Os casebres eram construídos clandestinamente, e o dinheiro, insuficiente, não dava para comprar cercas, o que, de fato, caracterizava invasões de terrenos do Estado. Então, a família tomou posse de um espaço muito pequeno que lhe serviu de moradia.

Perto da casa morava um casal de vizinhos, a dona Alzira e seu Moacir. A mulher não era uma pessoa muito boa o quanto parecia ser. Antes de conseguirmos empregos, quando visitava a nossa casa, esnobava.

— Hoje eu comi muito feijão com charque e farinha.

— O almoço estava uma delícia!

— Tem muita gente por aqui com fome, não é mesmo, *cumade* Glória?

— *Oxente*, *cumade*! Por aqui ninguém passa fome.

— *Visse*, Rosália?

— Sim, mamãe, não estamos com fome – respondi com ar de tristeza no coração, porque a nossa mãe nos orientava a dizer que estávamos bem alimentadas, mesmo que os nossos estômagos estivessem colados nas costelas.

Tudo isso para que a vizinha não soubesse da situação na qual vivíamos. Em verdade, o que a dona Alzira fazia conosco não era de brincadeira.

Certo dia, tudo foi por água abaixo, quando o esposo abandonou o lar, porque não suportava os caprichos da mulher. Dona Alzira teve que tocar a vida sozinha.

À penúria a coitadinha foi esmorecendo até sucumbir. Como não bastasse, os donos da moradia chegaram e tomaram conta do lar. Expulsaram dona Alzira, porque não conseguia pagar o aluguel. Ela partiu sem o direito de levar todos os seus pertences, ao menos uma trouxa de roupas.

Certo dia, a mulher apareceu com um saco nas costas.

— *Cumade*, eu vim aqui e estou passando tanta fome.

— Quem eu era, matava a tua fome e das meninas, não é mesmo, *cumade*?

— Veja só em que estado fiquei, estou com tanta fome.

— Não fique triste, *cumade* Alzira.

Então, mamãe colocou em sua sacola um pouco do que tinha: café, sal, charque, bacalhau, açúcar e farinha.

— *Cumade*, se eu não morrer de fome, um dia apareço novamente.

— Vai com Deus, Alzira!

— Agradeço pelo alimento! Nunca vai faltar comida na sua mesa, *cumade* Glória.

A mulher partiu e nunca mais retornou.

Razão e emoção

Quando lhe faltar a voz da razão, deixe falar o coração. Equilibre-se: nem tudo é razão ou emoção.

Nosso amor

Feito para durar, enquanto houver tempo para amar. Aos passos da vida, cada instante que for necessário será precioso. O minuto em que existir, mas de tudo quero um pouco: viver cada instante e aproveitar os momentos de felicidade; contar estrelas, e no céu poder desenhar nuvens com o dedo; e ser como os casais apaixonados e amantes eternos, um do outro. Que valha o tempo e seja eterno nos corações. Ser feliz é a condição ideal para viver um grande amor.

Alzheimer

Logo a emoção tomou conta à sombra do flamboiã. Ao chegar próximo a um casal, pude conferir um diálogo que me comoveu e sensibilizou. Tratava-se de uma bela história de amor entre o seu Jerônimo e dona Aparecida, um casal que vivia no abrigo.

— Uma vaga lembrança do que passou.

— Será que aconteceu mesmo?

Momentos inesquecíveis, perdidos no tempo, outrora vividos, momentos esquecidos.

— Tenho a certeza de que foram maravilhosos.

— Não sei como aconteceram.

— Qual mesmo o seu nome e de onde eu lhe conheço?

— Você me parece familiar.

— Tenho muito amor no coração, sou a sua companhia das horas incertas e de todo o sempre. A pessoa que lhe conheceu há cinquenta e sete anos.

— Dentre tantos, você era o rapaz mais belo de todos os seus amigos.

— Lembra?

– Sim, mas é claro que lembro, faz muito tempo.

– Nos meus pensamentos, tenho apenas a imagem de uma pessoa muito especial e sincera.

– Alguém que me acompanhou por caminhos inesquecíveis e repletos de facilidades.

– Compartilhamos maravilhas e tristezas.

– Mas, ela se foi como poeira ao vento.

– Quem é você mesmo?

– Sou o seu amor, a sua paixão desmedida.

– A mãe dos seus filhos.

– Sim, sim, sim!

– Agora lembro!

– De que é mesmo que estamos falando?

– Do nosso amor, dos nossos instantes preciosos.

– Eu sei, daquela que se foi e me deixou aos prantos.

– Certamente, já não lembro mais dos detalhes, mas foi muito difícil ter que suportar a decepção.

– Era uma mulher inesquecível. Jamais terei um alguém tão especial ao meu lado.

– Senhora, sabia que um dia eu contemplava as ondas do mar?

– As espumas na areia e o sabor nos lábios me refrescavam a memória e trouxeram muitas recordações.

– Caminhávamos sempre juntos ao entardecer, e o pôr-do-sol nos presenteava com o céu alaranjado.

– Recordo de muitas coisas, mas não lembro muito bem de você.

– Quem é você mesmo?

– Eu sou a sua amiga, companheira de todas as horas, o seu amor, aquela que jamais abandonou você.

– Hum, agora sei quem você é.

– Em seus braços contava as estrelas e como foi o meu dia.

– Não diga mais nada, apenas me ame como da última vez, pois posso não mais lembrar do que passou.

– É tudo tão confuso, e o tempo parece parar.

– Num estalar de dedos, esqueço e não recordo de mais nada, noutro, vem à tona a mais bela lembrança.

– Estarei contigo, não se preocupe.

– Até mesmo nos momentos em que não souber definitivamente quem eu sou?

– Estarei ao teu lado e amarei você pra sempre.

– Eu amo você, meu querido!

– Senhora, me trate com carinho e desse jeito você será uma pessoa especial.

O tempo é o relógio da vida

Sintonia dos pensamentos, um grande amor conforta o coração. O vento traz um sentido todo especial, folhas voam ao léu e em total desordem. Ar nostálgico de outrora, revivem-se momentos especiais. O tempo é o relógio da vida, as horas passam e transformam o dia em um verdadeiro ciclo de sentimentos. As imagens se confundem e a mente voa distante. As tuas mãos nas minhas, caminhamos aos passos da felicidade. Nos jardins da serenidade, sentamos em volta do lago e ouvimos os cantos dos pássaros.

RUA DOS QUERUBINS Nº 18

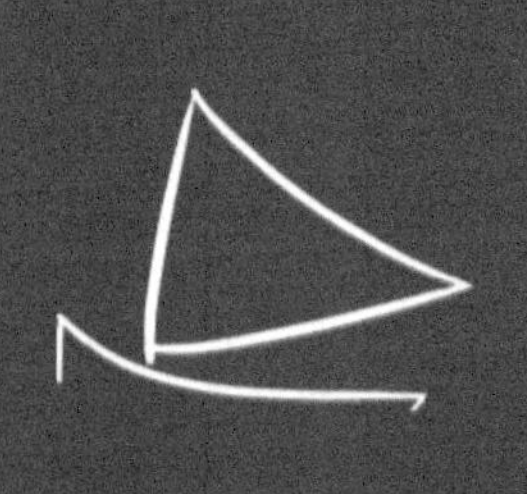

Clara e iluminada com os raios de sol, o canto dos pássaros anuncia um novo dia. No caminho das pedras, há cachoeiras – lá descansa um belo rio de águas cristalinas. No vilarejo, há frutos de pensamentos, beijos doces em forma de ternura. Sentimentos à flor da pele, risco o teu nome na areia e fico feliz. O humilde rapaz de cidade do interior era poético e seguia tranquilo em passos leves e aprumados nas linhas do tempo.

Travessia

Para Laurindo, um charmoso rapaz esperançoso, e de objetivos certeiros, ser poeta era possível, porque, em Bonito, uma pacata cidade do agreste pernambucano, tudo encantava.

O azul do céu enchia os olhos e contemplar a natureza de manhãzinha ensolarada não existia preço que pudesse pagar. Os pássaros comiam nas mãos das pessoas e acompanhavam os passos de quem podia caminhar nos gramados verdejantes. Ao levantar os pés, sacudia um pouco de terra que chamava a atenção, o suficiente para compartilhar da companhia agradável dos canários-da-terra e sabiás.

Mesmo convivendo no paraíso das águas, deixar a vida pacata de um menino, que vivia e ajudava na lida de fazenda, e seguir para a cidade grande, era uma decisão importante e desafiadora. A capital, repleta de surpresas, espantava e saltava aos olhos.

Bem sabemos que não há mal nenhum em ter que encarar as agruras do dia a dia. Difícil mesmo é conviver com a fome, a violência e o caos instalado nos grandes centros. Mesmo assim, Laurindo não desistia dos seus desejos.

– *Mãinha*, *painho*, tenho que ir, chegou a hora.

– Meu filho, Deus abençoe você e dê muita sabedoria – recomendava dona Lurdes.

– Laurindo, você é um filho especial e estaremos sempre de portas abertas para acolhê-lo novamente.

– Sim, meu pai, agradeço. Um dia eu volto.

– *Bença*, pai!

– Deus abençoe, meu filho.

Abraços e beijos marcaram a breve despedida do único filho do casal.

Foram quatro horas de viagem tranquila, que lhe trouxeram muitas recordações. O vento no rosto e as imagens do passado passavam como num belo filme da vida feliz e da infância bem vivida na fazenda. Aos poucos, a paisagem bonita ia se transformando, e o caminho de terra dava lugar ao asfalto.

A cada cidade surgia uma novidade, com jeito típico e próprio de cada lugar. Tudo contribuía para tornar a trajetória agradável, enquanto a lua cheia, que se aproximava da noite, fazia parte de um contexto deslumbrante.

Era domingo, e a calmaria não revelava o que estava por vir. Foi quando Laurindo chegou ao grande centro urbano. Logo, conheceu Paula, uma bela moça de olhos castanhos e pele cor de canela. O encanto e um clima de romance passaram a tomar conta do momento, que fez palpitar os corações.

– Olá, Laurindo! A sua tia Violeta falou muito bem de você. O meu nome é Paula, prazer em conhecê-lo!

– *Ôxe*, que nome bonito, Paula!

Leopoldo, o seu tio por parte de pai, o convidou para entrar e guardar as poucas bagagens que trouxe. A tia Violeta, uma mulher generosa e cuidadosa, havia preparado uma janta farta. As delícias lembravam a infância de um menino feliz e sonhador: cuscuz, inhame e um delicioso café coado no pano.

– Venha, Laurindo, entre!

– Estávamos com saudades de você.

– Eu também, *titia*.

– Como você cresceu, meu jovem rapaz.

– Isso mesmo, *titio*, a vida na fazenda é muito boa e faz bem à saúde.

– Além disso, todos os dias passeava a cavalo, tomava banho de rio e comia muitas frutas que colhíamos no pomar.

– Filho, aqui na capital a vida é bem diferente, com certeza, bem agitada também.

A acolhida lhe trouxe conforto familiar. Afinal, atender bem era a marca registrada da família Silva.

Encarar uma vida melhor e esperar que tudo se encaixasse como num quebra-cabeças de duas peças, isso não podia acontecer.

Muita gente acredita no destino. Tudo bem, nada de errado, mas bem dificilmente as pedras se encontrarão um dia. Essas e outras assertivas rondavam a mente do jovem, enquanto descansava na primeira de muitas noites no Recife.

Os pés firmes no chão era o seu porto seguro, mesmo assim não passava pela cabeça medir razão e emoção. Tudo fluía naturalmente, pois estava certo dos seus objetivos.

A moça que o encantou, com ar de quem não queria nada, no dia seguinte convidou para ir ao cinema.

– Oi, Laurindo!

– Vamos ver um filme? Dizem por aí que é lindo *O amor está no ar*, do famoso cineasta Andrade Pomposa.

O jovem, que não era *donzelo* e nem um pouco *atabacado*, sentiu-se atraído pelo convite.

– *Marminino*, claro que aceito – respondeu Laurindo, sem titubear.

– Sessão da tarde – confirmou Paula.

– Vou te contar um segredo, Paula, nunca fui a um cinema.

– Dizem que é um espetáculo ver um filme passar numa tela grande. Ouvi falar muito bem do São Luiz, às margens do Capibaribe.

– É verdade, e você vai ficar maravilhado com o cinema e com o filme.

A película era encantadora, e o casal trocou carinhos. Surgia um sentimento que jamais Laurindo podia imaginar. Para muitos, amor à primeira vista e paixão meteórica têm tudo a ver.

À flor da pele

Sentimento à flor da pele. Leve como o vento, toma a minha calma. De corpo e alma nua, sigo rumo afora. Sem tempo, sem hora, doravante no prumo da vida. Pura leveza do pensar; viajo denso nos meus sentimentos. Adentro na longa estrada da mais pura existência do ser. Caminho e vou embora, vida adentro, mundo afora.

O vendedor de flores

Razão do meu viver, encanto singular da paixão, o teu olhar me seduz. Deixo o amor fluir, invadir a minha calma, saciar o meu desejo e contagiar a minha alma. Cumplicidade no ar. Diferença que traduz, tudo se transforma num gesto de ternura, de pura emoção. O coração na mão, a leveza do pensar. A simplicidade no agir, é amor de verdade.

O calor da paixão incendiando os corações. Na imperfeição dos sentimentos, condição que valsa na calmaria inconsciente, tudo lhe é permitido. O toque suave das mãos, que de tão suave acalma, tranquiliza e faz o momento ser todo especial. O encanto das palavras fascina e contagia como a música suave das nossas vidas, dedicada especialmente à ocasião. Sonho, amor, alegria e prazer deixam tudo com a mais viva sensação de bem-estar.

Felicidade é poder estar com a pessoa amada ao seu lado, é poder com ela transpor barreiras e vencer a grande jornada da vida. Sentir o calor da paixão e com o toque da mais pura sedução, viver momentos inesquecíveis, frutos do momento que se eterniza no passar das horas. Linda canção de amor para refletir, acalmar e purificar a alma, leve e com um sentimento único, vivido de forma especial.

Um toque no silêncio leva-nos a lugares inimagináveis, e que, de tão perfeito, nos faz levitar. Fortemente indicado para as ocasiões mais especiais. Cada um com os seus sonhos únicos, e unidos num só, se confundem. Tudo é paz, é amor, é sedução e traz um ar de cumplicidade, o de amar e ser feliz.

Não vale deixar escapar por entre os dedos a preciosidade perfeita do encontro. Um clique no coração e tudo se volta para o amor. Podemos vivenciar e reviver a melodia a qualquer tempo: início, meio e fim. Se é que tem fim? Fim para uns e renovação para outros, pois, quando se ama, não importa, o que vale é o sentimento. Baseado nas mais puras e belas canções de amor: para viajar, basta ouvi-las.

De repente, inesperadamente, e sem tempo para raciocinar ou fugir das armadilhas da paixão, Laurindo e Paula viveram momentos inesquecíveis. Lado a lado e sem compromissos com a vida. Nada mais existia, além do puro doce da paixão, residente nos corações abertos a uma das potências mais devastadora dos sentimentos. Amor por completo, talvez?

Os sentimentos foram tomando grandes proporções, e mal sabia o jovem galã que estava preso nas armadilhas do cupido. Muitas das vezes, os jogos da sedução podem dar certo. Sempre se paga um alto preço quando algo sai errado. O efeito é tão devastador quanto cair de um abismo ou chegar ao fundo do poço sem cordas de segurança.

Sempre se deve estar atento às armadilhas da vida, pois o fundo do poço parece distante para quem acredita apenas na sorte. Um passo no escuro e você estará no buraco.

Dito e feito, alguns meses depois chegara o momento menos desejado para qualquer relacionamento amoroso, no qual sempre alguém sai machucado.

Tardinha de sábado, um belo dia, apesar da chuva fina que caía, porém, de clima romântico, como todos os dias de céu cinza com nuvens cor de chumbo. Laurindo seguia caminhando pela Calçada da Ilusão, muito conhecida no bairro, e tudo parecia tão perfeito, no instante em que ensaiou um belo poema para sua amada.

Na hora, no lugar, no momento certo encontrei você. Sensual, me enlouquece de prazer. O teu perfume exalou um aroma adocicado de efeito suave. Ainda permanece no imaginário. Beijei os teus lábios que de tão macios, logo me encantaram. Quero você pra sempre, e neste instante, minha amada, declaro o meu amor por você.

Um golpe de vista inesperado aconteceu e Laurindo foi tomado pela emoção de um encontro inesperado.

— *Vôte!*

— Não acredito no que vejo.

Envenenado e surpreso presenciou uma cena de

traição. Isso mesmo, a verdade é que a bela morena aproveitava a vida do jeito que podia. Fábio, o primo mais velho de Laurindo, também adolescente, contribuiu ainda mais para que a decepção fosse maior. Completamente perdido, ele não sabia exatamente o que fazer.

Dizem que tudo na vida pode servir como lição e de aprendizado, e podemos aprender com as nossas próprias falhas.

Mas, qual foi a enrascada que Laurindo foi se meter? Como aconteceu na primeira película que assistiu, o galã foi traído por uma pessoa muito próxima e sua amada se deu muito bem.

Imediatamente, Paula largou o garoto e tentou explicar o que não poderia ser explicado. Nada justificara um feito daqueles.

— Amor, não é nada disso que você está pensando.

— Fica comigo, você sabe muito bem que eu amo você.

A resposta de Laurindo foi o silêncio. Decepcionado pelo fracasso, apenas caminhou rumo ao desconhecido. Mil coisas passaram pela sua cabeça, mas, nenhuma delas trazia uma resposta certeira que pudesse conformá-lo.

Na vida, tudo passa. Difícil mesmo é saber esperar. Foi um verdadeiro golpe, de partir o coração, e a sua vida se transformou. Em sua forma poética de refletir, recitava para quem pudesse ouvi-lo.

Depois se afastou de todos, e os sonhos pulverizaram-se ao vento, no instante em que a autoestima fluía por água abaixo. Com tanta mágoa, Laurindo decidiu sair da casa dos tios. Era impossível conviver ao lado do seu primo Fábio, uma pessoa que passou a respeitar, mas que tão logo o desapontou.

Com tanta decepção, buscou alento nos braços das ruas.

Os sonhos do menino do interior pareciam escapar de forma precipitada.

Mesmo no desconforto das sarjetas, com o passar do tempo, o moço aventureiro levava consigo o seu verdadeiro dom.

Depois de algum tempo conheceu o seu Caçula, um senhor de uns sessenta e cinco anos. Era o vendedor de flores da Rua dos Querubins. No entanto, o que chamava mais atenção era a forma como ele tratava as pessoas e encantava a todos que passavam próximo da sua banca multicolorida e perfumada. O homem irradiava a simpatia de um semblante de paz e alegria.

Todos os dias seu Caçula trazia uma novidade para a freguesia e recitava poemas apaixonantes. Até mesmo quem já havia perdido um grande amor, ou sofrido por desilusões amorosas, não resistia às palavras de sedução.

As ofertas eram inusitadas e o homem vendia as flores e oferecia versos aos corações apaixonados.

De ti, meu amor, evola o perfume das flores da primavera, que de tão delirante envolve os meus anseios; viaja na mente e flecha a minh'alma. Na sombra do luar, em noites iluminadas pelas estrelas, incendeia os desejos e sublima um delirante frescor chamado amor.

Aos poucos, Laurindo foi assumindo o posto de vendedor de flores e passou a ganhar popularidade. A simpatia irradiava em seu olhar. Ele vendia flores tão bem quanto o mestre Caçula.

Com o apoio recebido de uma pessoa tão especial, pôde erguer-se e passou a morar sozinho em um humilde casebre próximo do mar. Era uma casinha amarela, com janelas em frestas que sobressaíam ao brilho do luar. Naquele lugar, sentia-se bem e percebia o quanto era importante viver e ser feliz.

Os sonhos e os objetivos afloraram mais uma vez e Laurindo buscou dedicação e empenho para as novas conquistas. Alguns anos se passaram, e após muitas noites em claro, inscreveu-se e conseguiu aprovação no vestibular. Escolheu uma área de conhecimento que pudesse dar aporte para cuidar melhor das pessoas mais necessitadas; poder ratá-las de forma especial, com afeto, carinho e simpatia.

Encontrou a oportunidade propícia para se doar

a quem necessitasse de atenção, principalmente aos mais jovens e aos mais idosos. Acreditava que, dessa forma, muito sofrimento poderia ser amenizado. O jovem Laurindo trazia consigo sentimentos de perseverança e de forças para trilhar caminhos que pudessem conduzir ao prazer de viver.

Viver de verdade é ter prazer em aceitar a vida como um presente. Por quão longa for a estrada, o que vale é a caminhada. Para todas as pessoas que passam por dificuldades, vale muito a pena viver intensamente cada momento de felicidade.

O sonho de Laurindo era o de mudar o mundo com boas atitudes e ações de amor ao próximo. Era difícil, porque muita gente não entendia o verdadeiro significado da vida. Igualmente, foi difícil para si mesmo interpretar esse valor, nos momentos em que viveu dias penosos nas ruas. Entretanto, uma coisa era certa, enfrentou tudo com muita dignidade.

Após um longo período na academia, chegou a tão esperada formatura de encerramento de curso. Por ser o melhor, dentre os demais acadêmicos, recebeu as láureas merecidas. Tudo foi possível, porque, além da dedicação, os trabalhos apresentados em Congressos Nacionais e Internacionais, na área de Assistência Social e Humanitária, renderam-lhe muito prestígio.

Em menos de um ano de formado, recebeu uma proposta e foi estudar no exterior. Em pouco tempo, Laurindo aprendeu a se comunicar em vários idiomas. Em sua jornada, conheceu muitos lugares e participou de eventos, nos quais apresentou, para grandes públicos, a sua história de vida e os ensinamentos de respeito e amor ao próximo que aprendera numa charmosa cidade do interior de Pernambuco, chamada Bonito.

Mais adiante, retornou ao Brasil, estudou música e se tornou líder de uma organização que cuidava de meninos e meninas portadoras de câncer. Tudo lhe caía como uma luva, pois o canto servia de conforto e acalmava o coração daquelas frágeis crianças.

Ele demonstrava orgulho pela educação que seus pais puderam lhe dar. Dessa forma, transmitia os desejos de transformar ilusões em sonhos tangíveis e palpáveis.

Por tudo que passou, numa folha desgastada pelo tempo, uma mensagem deixou.

Jardim de luar,
flores singelas
brilho da lua,
cores tão belas.

Jardim do poente,
pôr-do-sol,
céu reluzente,
flores de girassóis.

Jardim das tardes,
aroma no ar,
nostálgica saudade,
desejo de amar.

Jardim de primavera,
flor de azaleia,
aroma sutil,
verdade sincera,
Amor juvenil.

Jardim da manhã,
sentado pensando,
banquinho no lago,
reflexo na água,
poeta sonhando.

Hoje, aos sessenta e um anos, conta sua história de vida para quem o visitar no Lar das Saudades, localizado na Rua dos Querubins, número 18.

Escolhas

52

O pai possibilita ao filho tudo aquilo que é necessário ao caminhar. A partir das escolhas, tudo será de sua inteira responsabilidade.

EXISTE UM CAMINHO

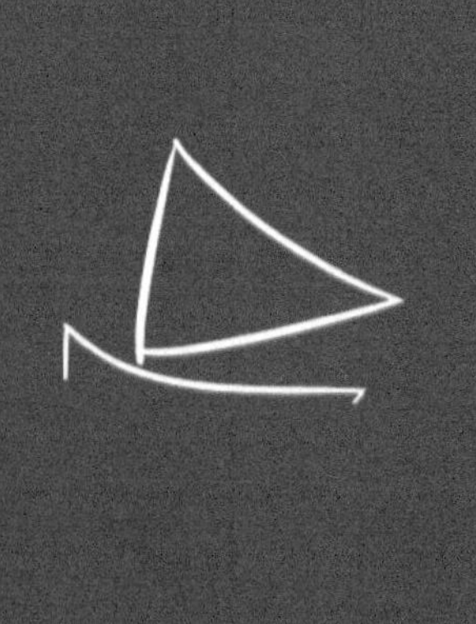

Passei por lugares especiais e contemplei de perto as paisagens dos campos. Natureza em forma e cor. Viajei ao som de canções inesquecíveis, vi o céu e as estrelas no infinito azul. Saudade foi chegando de mansinho e apertou o peito. Era o desejo e a vontade de voltar.

Guardo na memória boas recordações. A mente fotografou momentos inesquecíveis, paisagem inspiradora que encanta os poetas, ar nostálgico de grandes emoções.

A fogueira de São João aquece no frio, acende e incendeia o fogo das paixões. O Festival de Inverno encanta multidões, e as vidas se cruzam, encontram-se sem querer. A casinha no campo, a fábrica de chocolate e o cheiro da terra úmida trazem contentamento. Deixaste saudades dos trens de outrora, do ritmo do Agreste, das idas e vindas nos trilhos.

Um mistério singular de paz ronda a noite na cidade, convívio de sentimentos e felicidade sem fim. O aconchego e a calmaria trazem tranquilidade. Quero voltar, sempre é tempo de chegar. Paixão de todas as cores, o Relógio das Flores dá o sentido do tempo, marcando os compassos, harmoniza o presente.

* * *

Localizada no interior, Garanhuns é uma bela cidade do agreste pernambucano. Há dezoito anos, nasceu Francisco, nada mais além dos seus três quilos e oitocentos gramas de pura saúde. Olhos bem abertos e de cabeça pelada, recebera duas palmadas da doutora Márcia e aplausos de toda uma equipe.

– Lindo bebê – comentou, enquanto limpava o menino e cortava o cordão umbilical.

– Que maravilha de menino – destacou, emocionada, a enfermeira Lúcia.

Tudo era fotografado e passava pelas lentes de uma das convidadas que chegou para assistir ao parto e registrar os melhores ângulos. Magali era uma velha amiga de família.

O seu pai Josué era simples no modo de agir. Um jovem de vinte e dois anos, três anos mais novo que Catarina, a sua esposa. Olhos embebidos de lágrimas, não se continha e acompanhava tudo através da janela de vidro. Ele e a família assistiam cada passo do evento, enquanto os murmurinhos dos corredores traziam a grande notícia da noite.

– Nasceu um menino lindo!

– Um lindo bebê!

Extasiada, Catarina nem se mexia. Coitada. Talvez pelas dores do parto ou por ter ficado radiante pelo sublime instante. Com tantas luzes e elogios em sua volta, restou-lhe ficar paralisada com a situação.

— Mãe, está aqui o seu príncipe encantado.

— Dê-lhe o peito.

Entregou o bebê envolto por uma coberta macia de cor verde bem clarinha.

— Dê-lhe o peito, sinta o seu bebê.

— Veja como ele está saudável.

— Agora, ele precisa de você.

A emoção tomou conta do espaço, e a alegria da vida estava presente naquele momento.

Uma coisa era certa, as lágrimas de emoção indicavam que algo de novo acontecia naquele hospital.

Francisco mamou até ficar em tons roxeados. Tudo era motivo de festa e todos celebravam mais um nascimento na Maternidade Futuro. O primeiro choro, a troca de olhares com a mãe, o primeiro toque, a primeira mamada. Tudo ficou registrado na memória como forma de sentimento único.

No início, a rotina com Francisco era mágica, e o relacionamento do casal fluía às mil maravilhas. Com o passar do tempo, o desejo de morar no Recife aumentava a cada dia de confusão. Os dias pungentes projetavam os pensamentos para além da longa estrada, lá do outro lado distante das Serra das Russas.

Catarina se descompensava com as ofensas que fazia e sempre dava *estrimilique*. Era xingamento na certa.

— Homem imprestável!

– Vai embora e me deixa em paz, seu covarde.

– Seu *envenenado*!

– Não aguento mais você.

O que ela não entendia era a verdade de que todas as coisas precisavam acontecer no momento mais propício.

Certamente, a vida não estava fácil naquela época em que o futuro parecia distante de acontecer.

Quando Catarina queria um vestido, por exemplo, queria "aquele vestido".

– Mulher, não consigo dar conta de tantas responsabilidades, devemos planejar o orçamento – tentava dialogar sem sucesso.

– Não quero saber, casou porque quis. Agora, o problema é seu.

– Tá vendo, Chiquinho, o menino precisa de roupas, calçados melhores e uma boa vida.

A situação mais crítica entre o casal ocorreu num dia de decisão no futebol brasileiro. Assistiam a um dos grandes clássicos pernambucano. O placar marcava Santa Cruz Futebol Clube 0x1 Sport Club do Recife. O menino Francisco e o pai estavam vestidos com as camisas dos seus times favoritos. Santa Cruz, é claro. Embora perdendo para o arquirrival Leão, não paravam de torcer.

Catarina preferia agir com as vozes da razão e muitas palavras eram jogadas ao vento. A mulher impingia o mal para tudo e todos. Enquanto a emoção sequer passava por perto daquela barra de saia, sempre buscava acreditar que o mundo deveria girar, único e exclusivamente para si própria.

Era pura falta de sensibilidade e egoísmo à flor da pele. Enfim, o jogo congelou com aquele placar, e com a disputa por desejos e vontades de Catarina.

Paralelo ao turbilhão de acontecimentos, o emprego de Josué proporcionava-lhe a realização de concursos de remoção. Ele, funcionário público, já estava com as cartas nas mangas, é claro! Essa carta lhe constituía uma verdadeira válvula de escape, para quando não pudesse aguentar mais as instabilidades do casamento.

Não demorou muito e o in(esperado) acabou por acontecer, e Josué não aguentou mais passar por tantos problemas sem soluções.

— Vou embora pro Recife, lá terei paz e sossego garantido. Cansei de passar por situações em sua desagradável companhia.

Prontamente, arrumou as malas (as suas malas já estavam quase prontas e à espera de um momento certo) e prestes sair, beijou o filho.

Menino moleque

Ser criança, ser feliz, ser contente, brindando a vida, alegria e paixão, que brinca e chora, inflama a garganta, implora, se cala. No canto da sala, brinquedos pequenos. Quieto, esperto, menino inocente. Um mundo de cores, futuro em vista. Singelo olhar, pensamento menino. Estrela cadente, um dente no telhado. A casa da árvore, o canto dos pássaros. Brincadeiras e balões, balas e sonhos, doce gosto de infância. Menino sem pão, sem pai, sem mãe. Sem teto, atento nas ruas. Semblante de anjo, o sorriso transforma, a vida ensina.

Aos farrapos

O pai fez tudo o quanto era possível para levar Francisco consigo, e mesmo assim, ouviu desaforos de Catarina.

– Um dia você vai se arrepender. Homem ingrato, covarde, sem coração!

No entanto, do que valeria amar uma pedra? Foi quando, aos quatro anos de vida, o momento em que Chiquinho amargou a dor da separação dos pais.

– A culpa foi minha. Na inocência, aos prantos, dizia repetidamente, o menino. E todos os dias, a mesma ladainha.

Ficaram desolados, Chiquinho e Catarina. Pouco a pouco, as notícias se desencontravam e cada dia era um dia de sorte para o simpático menino. Tragicamente, a jornada da vida mal começava, e já dava os seus primeiros passos, rumo para um futuro totalmente desconhecido. A vida ia seguindo o seu percurso, e a constituição familiar foi se esfacelando aos poucos.

Uma vez ou outra, o menino escapava para a rua e lá passava o dia a perambular. Quando era noitinha, a mãe o chamava e lamentava.

— Chiquinho, passe para dentro, já é noite!

— Seu pai foi embora e nos deixou sem nada, quanta infelicidade.

Era a mesma súplica diária, e sempre repetia o discurso.

Com aquela infância sem lei, o coitadinho não compreendia muito bem o que se passava. Não se fazia nada, e Chiquinho seguia seco, sem regras e sem pai por perto.

Os dias se passaram, e Catarina passou a morar com um homem de trejeitos esquisitos e de olhares profundos.

A vida é feita de escolhas,
e o amor, às vezes, é cego.

Catarina se transformou numa criatura descompensada ao dobro, e não conseguia enxergar um palmo à frente do seu próprio nariz. Valdinho, o padrasto do menino, nunca conseguia se estabelecer na vida. Trabalhava naquilo que lhe garantia alguma gorjeta, que mal dava para o próprio sustento, quiçá para cuidar de uma pequena família.

Desconcertados, o casal não parava de brigar. Nada se podia fazer, e ninguém queria tomar partido.

— Em brigas de marido e mulher não se mete a colher — diziam os parentes mais próximos.

A mesma história se repetia e, enquanto isso,

Catarina não passava mais que dois anos com o mesmo relacionamento.

A instabilidade de convivência familiar em sua vida era iminente.

Devido às péssimas condições, em todos os aspectos, Catarina resolveu levar Chiquinho para uma casa de sítio, na zona rural da cidade, na condição de morar com os avós. O seu avô Jacinto era um homem durão e mais grosso que "papel de embrulhar pregos". O homem não tinha um senso agradável de pai (certo que ninguém substitui um pai). Mesmo assim, conquistou o seu netinho Chiquinho.

Dona Margarida, a avó, tinha personalidade forte. Mas, de grande coração (toda avó tem um coração do tamanho de um trem) que conquistava o menino com os seus mimos.

Agrados à parte, os momentos da infância de Chiquinho foram marcados por dias trabalhosos no campo. Mas, o bom de tudo é que ele não chegou a abandonar os estudos, por recomendação dos seus avós e das inspirações do seu pai.

— Seu pai era uma pessoa de estudos e letrada. Sempre havia alguém que dizia isso pro menino. Josué era apaixonado por leitura.

Mesmo sem entender a verdadeira causa do rompimento dos laços de família, Chiquinho sentia muita falta do pai. A saudade era maior quando se comemoravam na escola o Dia dos Pais, momentos em que simplesmente o pai não aparecia.

— Professora, o meu pai vai chegar?

Olhe, filho, respondia a professora Zezé – fique calmo, um dia ele volta e vai cuidar de você.

Mesmo assim, a escola entregava os presentes confeccionados na atividade escolar, que eram levados para casa. Coisas simples, construídas com papel, cola, tinta guache e muita criatividade. E, desse modo, acontecia com as outras datas mais importantes da folhinha: Natal, Ano Novo, Páscoa e Dia das Crianças.

Com certeza, a culpa não poderia recair totalmente sobre as costas de Josué. Quando podia, ele telefonava para o filho. Embora, na maioria das vezes, acontecia de não completar a ligação, porque as torres de transmissão de sinais para telefones móveis eram precárias, quando os aparelhos da época pareciam caixas de sapatos e possuíam antenas, totalmente diferentes dos *smartphones* dos dias atuais.

Aos poucos, a imperiosa marcha do tempo ditava a formação da personalidade de Chiquinho, que, por sinal, era muito forte. Todavia, a revolta com o seu pai tornou-se notável e constituía um verdadeiro coquetel de rancores.

Aos doze anos de idade, a vida de Chiquinho começava a se transformar de forma inexplicável. Momento em que o seu Jacinto e dona Margarida deixaram a lida do campo e foram morar na área urbana.

O menino precisava respirar o ar da cidade, diziam os avós. No campo, já não dá mais para estudar.

Logo, a permissividade se tornou marca

registrada da família.

Bem-vindos de volta à cidade. Chegaram com a cara e a coragem. O avô, quase um aposentado rural, entregou-se à bebedeira.

– Que tenho a perder? – questionava o homem nos dias de profunda e total desilusão.

– Que levarei desta vida, senão as amarguras?

Ele não conseguia parar de sorver sua pinga um instante que fosse. Chiquinho, na cidade, mesmo cambaio, continuou os seus estudos. Aos treze anos, reencontrou novamente o seu pai. Josué, cheio de saudades, foi visitar o seu rapaz (um pai nunca se esquece do filho). Encontrou o menino numa situação muito difícil e com sintomas de angústia guardada no peito.

– Tu és o meu pai? – Chiquinho lhe questionou de cara.

– Esperei muito por este momento, meu pai. Vieste me buscar?

– Talvez, meu filho.

– Um pai jamais vai esquecer do seu bem mais precioso.

– As circunstâncias da vida me levaram para bem longe daqui. Tive que ir embora, meu filho.

Envolto no mistério, cercavam algumas condicionantes que percorriam os sentimentos. Não ia ser tão fácil resgatá-lo, porque, naquele momento, alguns fatores pesaram sobre a decisão. A mãe não poderia perder o rendimento de pensão que ganhava de forma tão fácil. A avó e o avô, que cuidaram o tempo todo do neto, não queriam deixá-lo partir. E agora? Os sonhos de Chiquinho não passavam de poeira ao vento. Mas, a vida, que era difícil, poderia ficar melhor do dia para noite. As investidas do pai não obtiveram o sucesso desejado. Depois disso, pouco se ouvia falar de Josué.

Com o coração ferido e a desilusão do desafeto, o menino se tornou ainda mais amargo. Por conta, sem limites de obediência, ninguém conseguia segurá-lo. Sumia por três dias e aparecia sujo, desarrumado e com fome. Comentavam que sempre seguia de carona para a capital.

Sem controle e regras, era um andarilho e se metia sempre em confusões. Pagou-se um alto preço por tudo isso. Os estudos foram consumidos pelo desprezo. Restou-lhe a falta de conclusão dos estudos básicos e uma vida de futuro incerto. Chiquinho partiu para o mundo e para os desafios da vida no Recife.

As suas lembranças de molequices podiam vagar na memória: o cavalo corisco, o banho de chuva e contos de histórias na claridade do candeeiro, ainda quando morava no interior do interior. A luz elétrica, é claro, existia há muito tempo, mas, no interior do interior faltava. Contudo, a precariedade de manutenção é quem dava as caras de vez em quando. O clima do campo era outro, e os vaga-lumes, com os seus lampejos, enfeitavam a atmosfera rica e saudável, própria do campo.

Aos dezoito anos, os sonhos de Chiquinho afundaram na lama da ignorância. A vida escapava por entre os dedos, e o rapaz soltou-se no mundo. Definitivamente, perdeu o contato com seus pais, parentes e amigos da velha infância.

Chiquinho seguiu o seu destino, em direção ao desconhecido. Sem tempo, no alento e condenado por suas atitudes, passou a viver nas ruas; não possuía um lar e uma família que o edificasse. Abandonado, tornou-se um farrapo humano.

A sua origem passou a ser completamente desconhecida. Aos vinte e três anos, continuava às margens da sociedade.

Nessa fase da vida, passou a atender pelo codinome Chulé, o Zumbi da Feira. Ele fazia da calçada a sua cama de solteiro, e quando chovia, parava embaixo da marquise da loja de calçados, na capital pernambucana.

Francisco parecia um *morta-fome* em busca de alimento. A comida era disputada com os pombos, que instintivamente sabiam exatamente o horário do almoço. As aves eram mais rápidas, e o tempo não era o suficiente para resgatar o alimento jogado no lixo. A fome fazia doer o estômago, e a sensação de abstinência das drogas era de enlouquecer.

Chiquinho conseguia um troco no estacionamento, mas as moedas recebidas eram acumuladas em seus bolsos imundos e todo o apurado cumpria um único destino.

O apelido Chulé deveu-se à fedentina exalada dos seus pés, e quanto ao título de Zumbi da Feira, este se deu pelo motivo do estado de alienado, por conta do *crack* que o consumia.

Dizem que cada um é responsável pelo próprio destino. Isto é, para aqueles que acreditam em destino. Em verdade, o destino existe para quem busca um objetivo certo de vida e procura alcançá-lo. Os sonhos podem ser ilusões, e uma meta a ser alcançada não se constitui em apenas delírios emocionais.

A vida prega muitas peças, e a jornada diária pode se tornar um verdadeiro suplício, quando se trata da busca pela própria sobrevivência.

Quanto ao cerne da questão, relativa à temática do viciado, do coitadinho ou do indefeso, levada a cabo, seria o suficiente para resolver o problema de Chiquinho? Ora, interná-lo em uma clínica de reabilitação para dependentes químicos poderia ser a solução. Quem vai saber? Nas ruas, o mundo é cão, e a roda da vida gira sem saber aonde vai parar.

Um pão francês com manteiga de manhãzinha, regado a um delicioso café com leite seria um grandioso presente para quem padece nas calçadas. Certo de que algumas pessoas não têm opções, porque foram abandonadas por parentes; enquanto outras escolheram viver ao léu e não conseguiram mais retroceder e retornar ao seio da família. Para muitos, afinal, escolhas são escolhas.

Domingão de manhã e Chiquinho foi surpreendido por um grupo de pessoas em sua volta. Estava com o corpo trêmulo e não dava para dizer o motivo – frio ou efeito dos alucinógenos? Elas faziam parte de uma Organização Não Governamental, cuja finalidade focava na libertação de dependentes químicos.

Mudanças

Vou mudar para melhor. Deixamos no ar. Tudo que é novo pode trazer tremores. A novidade é o máximo. Seja capaz e acredite, não é questão de sorte ou simplesmente um acaso da vida. É algo mais íntimo e pode estar estritamente relacionado ao trilhar um caminho, seguro ou não? Mas, de forma planejada. Que seja um objetivo que tenhas chances de alcançá-lo. Uma das metas principais deve ser a busca da paz interior e da felicidade, externada através de ações que conquistem o próximo. Mude e não esqueça de deixar no ar um clima de esperanças; não temas, pois tudo pode acontecer. Prepare-se, lute e conquiste com sabedoria. Reflita e seja você mesmo. Assuma os riscos e aprenda com os erros. Viva, aceite as mudanças e renove-se a cada instante.

A fazendinha

Nada estará perdido. Ao menos que você desista, sem antes mesmo ter tentado trilhar rumo ao sucesso. Dono da situação, você tem um futuro próspero e tão próximo que sequer possa imaginar. Plante, semeie no presente e terás dias espetaculares.

Os galhos retorcidos espalhados no caminho podem surgir de uma hora para outra. As marcas e os cortes profundos, causados pelas injustiças, fardo certo de cada um, se diluirão com o tempo. Apenas as cinzas serão carregadas com o vento que sopra e se renova a todo momento. Escolha a melhor opção e, com serenidade, caminhe. Vá em frente, é o seu futuro.

O moço foi levado para uma fazendinha para tratamento de dependentes químicos. Logo na entrada, havia uma placa com as inscrições pintadas à mão: "Drogas matam, Cristo liberta!". Inicialmente, sentado, bem quieto e cabisbaixo, lá estava Francisco, bem magrinho e de boné com a pala voltada para trás. Enquanto isso, a cena era profundamente chocante. Um nó na garganta e coquetéis de emoções podiam invadir a mente de qualquer pessoa.

O choro era contido em milésimos de segundos, e todos permaneciam perplexos. Era o momento de mais uma reunião da comunidade terapêutica para dependentes químicos, afastada da vida urbana.

Ao redor, formando um círculo de pessoas, dava para perceber que outros rapazes de pouca idade também participavam da sessão. Bem atento às apresentações, chegou a sua vez e, infelizmente, a mesma história cruel e de desafeto familiar se repetia.

Aparentemente, sem pai e mãe, ele havia sido resgatado em meio a um território sem lei, onde reinava a violência e todo o tipo de dependência química podia ser visto, incluindo-se maconha, *crack*, álcool, pasta-base de cocaína e muitas outras combinações de drogas. Chiquinho era usuário de *crack*, da mesma forma que a maioria dos dependentes da comunidade terapêutica.

Com muita vergonha e timidez estampada no semblante, o moço se apresentou para o grupo.

— Meu nome é Francisco e muito cedo saí de casa. Nas ruas conheci várias meninas e meninos da minha idade que usavam drogas. No início, tudo era uma aventura maravilhosa. Primeiro, comecei a fumar cigarros e depois experimentei maconha. Queria algo mais forte. Então, comecei a usar *crack*.

— E como você chegou até aqui? — perguntou Armando, o diretor da casa de recuperação.

— Morava na rua, sabe? E não conseguia parar de usar drogas.

Na oportunidade, muitos relatos surpreendentes foram apresentados e, logo após a apresentação foi proferida uma palestra que enfocava os malefícios de cada tipo de droga. Buscou-se deixar bem claro para todos os participantes que a dependência química pode destruir os lares e as famílias, sendo a falta de amor à própria vida uma marca registrada de quem é usuário.

Certamente, na abstinência, os usuários são capazes de fazer qualquer coisa para a obtenção da droga, até mesmo prostituírem-se, não importando o sexo, nem a idade; e cometerem furtos dos bens da família, principalmente joias. Além disso, retiram o sossego dos pais e dos parentes.

O grande propósito e o desafio dos internos era o de poder colocar todo o mal e aflições nas mãos de Deus. Assim, a fé libertou muita gente das drogas.

Com o tempo e muita dedicação, Chiquinho trilhou um rumo certo e se tornou um dos líderes da ONG que o acolheu. Hoje, dedica-se ao resgate de vidas consideradas perdidas para as drogas.

Surge poesia

Imagine uma palavra, fotografe-a em forma de imagem. Viaje no tempo e situe-se no espaço da criação. Em forma de rabiscos, passe tudo para o papel. Organize-se, mas a ponhas com emoção. Nas horas de solidão, pensa o coração. Disfarce a tristeza em forma de beleza e escreva com alegria. Registre o *flash*, pois os pensamentos voam. Como resultado fantástico da sentimentalidade, surge poesia.

Momentos

Nos momentos mais difíceis da vida, a condição melhor é a de procurarmos estar felizes e estar de bem com a vida. Somos constituídos à base de pensamentos e sentimentos.

OS SONHOS DE NINA

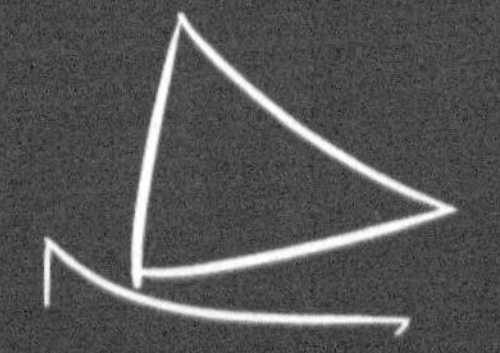

Durante o tempo em que você viver seja feliz. Idas e vindas marcarão essa trajetória. Não se influencie por coisas ruins. Os bons momentos serão eternos nos corações. Aproveite cada minuto e segundo. Muito ainda lhe resta, mas os últimos dias chegarão. Busque a felicidade a qualquer hora, ela existe nos detalhes da vida e não precisa muito para acontecer, basta deixar-se fluir como numa música bela e suave.

Todos nós temos um som agradável que toca e embala a vida. Inspire-se no canto dos pássaros, pois, mesmo nos dias de chuva, gorjeiam as suas melodias matinais e do entardecer, sempre em harmonia com a natureza.

Nada será como antes, porque cada momento e todos os dias serão especiais. Este instante é precioso. Viva, sinta-se à vontade, esta casa é o seu planeta (a nave é sua).

Chegar onde quiser dependerá dos seus sonhos e os desejos o conduzirão para lugares inesquecíveis. Lá, você encontrará a felicidade, pois o melhor lugar está dentro de você.

Momentos de alegrias marcaram o nascimento de uma menina especial. Os olhos cor de mel e reluzentes, iguais não se viam pelas bandas do sertão. Era a quinta de uma família que não parava de crescer. Muitos dos filhos de dona Maria nasciam com a sorte lançada ao vento, e alguns não conseguiam sobreviver. Fome e desnutrição infantil marcavam presença naquele lugarejo distante da capital pernambucana de mar feito esmeralda. Lá, poucas árvores serviam de sombra para o gado magro e abatido pelo cansaço.

Algumas cabras resistentes ao sol a pino e um cachorro marrom com manchas brancas no corpo perambulavam e padeciam aos poucos por falta de alimento.

A menina e a bolha de sabão

O verde que deveria ser verde, quase sempre era encoberto por uma névoa de calor e poeira; a terra, sempre amarelada, era quase sem vida. Água, somente podia ser encontrada em alguns quilômetros de distância. Era de cor e odores desagradáveis, mas servia muito bem ao povoado.

Enquanto a chuva não molhava o chão, os primeiros anos de vida da meninada varavam como numa valsa de esperanças. Tudo resistia às armadilhas do tempo. Assim era a vida daquela gente, o lar da pequena Nina.

No momento em que o dia dava o primeiro ar da graça, mesmo antes que o galo pudesse cantar a melodia matinal, seu José, pai das crianças, saía para a sua jornada diária de trabalho árduo. O jovem senhor de camisa xadrez, calça de tecido amarelado e desgastado e de *percatas* nos pés, percorria o chão tórrido e castigado pela seca em busca de alimento. Não se tinha muito o que fazer. Os dois filhos mais velhos o acompanhavam: Saulo e Pedro, de onze e doze anos. Seguiam o pai com as enxadas nos ombros e aprumavam os passos por uma estrada de pedregulhos, xiquexiques e avelós. Partiam sempre em busca de dias melhores.

As meninas cuidavam da lida da casa e do campo. Eram reproduções fiéis da mãe: plantavam, colhiam os grãos da subsistência e esperavam a chuva cair. A atividade mais difícil consistia principalmente na retirada de água da cacimba quase seca e muito distante da casa. Isto, para ter o que beber e preparar o alimento quando chegava. O açude de águas amareladas, igualmente, tinha pouca água e, em sua volta, se via um chão rachado e castigado pelo sol. A poucos metros podia se ver bichos mortos, talvez na tentativa de chegar até a água que poderia servir de salvação.

Contemplando o céu azul e de poucas nuvens, o percurso até a chegada era longo, mas necessário para a lavagem das roupas sujas e uso diário. Assim, a luta pela sobrevivência se tornava constante e tudo era muito difícil para todos.

A meninada também se divertia com as brincadeiras de roda e com o balanço de pneus e cordas nas árvores. Os brinquedos eram feitos com o material que existia. Uma embalagem de mercadoria era a matéria-prima para a confecção do passatempo da criançada. Facilmente, uma lata de óleo era transformada em um sofá para as bonecas de espigas de milho, ou em um carrinho de lata que os meninos adoravam. Um pouco mais tarde, aos sete anos de idade, os sonhos ganhavam forma na imaginação de Nina.

Eis que surge uma menina que sonhava com um futuro próspero. A sua vida de criança se tornava um grande desafio para quem buscava e trilhava um caminho de realizações.

Mas, uma coisa era fundamental, a perseverança, enquanto a persistência sempre foi a sua marca registrada, e a que mais lhe rendeu grandes vitórias. Desde bem pequena, sabia que tudo dependia da sua resiliência e capacidade de aproveitar os bons momentos da vida.

A simplicidade a acompanhava e fez dos seus passos motivos de verdadeiras conquistas. Era uma vez uma menina magricela que repousava em paz e acordava com o canto dos pássaros.

Todos os dias, quando levantava, Nina fazia a sua oração matinal e agradecia a Deus por tudo que havia sonhado.

"Papai do Céu, obrigada pelo sono e sonhos bons que me concedeste. Hoje acordei feliz, pois viajei por lugares inesquecíveis e com sabedoria pude ajudar muita gente a trocar as aflições pelas coisas boas da vida. Mostrei-lhes o verdadeiro significado do viver. Deus, guarde o meu dia. Amém!"

Em um dos sonhos Nina caminhava por ruas lapidadas com estrelas espalhadas pelo chão. Nas asas do tempo, viajava por lugares inesquecíveis.

Era uma menina de olhos azuis e cabelos alaranjados. Possuía um dom especial de mudar o sentido das coisas.

Quando algo não dava certo para quem cruzasse o seu destino, trocava uma de suas estrelas especiais por uma aflição pessoal e a deixava para trás.

Logo, o martírio cobria de pedras luminosas o

caminho em que passava.

Nina conseguia mudar o rumo da história de cada um, e um mundo melhor era construído para todas as pessoas, de todas as partes do mundo.

A menina transformava tristeza em alegrias, alegrias em realizações e realizações em sucesso.

Sempre acordava feliz e satisfeita. Não havia tempo ruim, porque tudo era como a mais pura realização.

Certo dia, Nina, em seu lindo sonho, percebeu que, ao seu lado, permanecia uma criança com cabelos encaracolados e ruivos; seus olhos eram de um azul expressivo e marcante.

Notou que, em uma das mãos, segurava um baú envolto por uma fita dourada e, na outra mão, uma estrela brilhante.

Mesmo sem saber ler ou escrever, idealizava um dia poder ter sucesso na vida. Naquele lugar não se estudava, porque não existia escola próxima. A felicidade de viver se dava pela presença da família unida e, para isso, não precisava de muita coisa.

Antes que o sonho pudesse acabar, dona Maria, sua mãe, engravidou novamente e tudo o quanto estava difícil, ficou ainda mais. Certo dia, os pais reuniram-se e tomaram uma grande decisão que mudou completamente a vida de sua filha querida. Imaginaram que estariam fazendo o bem e entregaram Nina para outra família cuidar, noutro lugarejo, à custa de um futuro melhor e próspero.

A nova família que a acolheu era pequena e constituída por seu Jorge, dona Florinda e um filho herdeiro chamado Afonso. O patriarca possuía um armazém de materiais de construção e levava uma vida abonada e farta. Em sua casa, havia um lindo rádio ABC e uma televisão, daquelas com seletor de canais e antena que amenizava os chuviscos na tela.

Apesar de ter chorado bastante, mal compreendia o que se passava. Longe dos pais, irmãos e irmãs, aos poucos, a meiguice e os anseios de infância foram transformados em tormentos.

Mesmo assim, Nina não parava de sonhar. Em uma de suas viagens, a película mágica e transparente flutuava no ar. Em formato oblongo, variava em tamanho e refletia um espectro de cores magistrais. Inconfundível à luz do sol, deixava a atmosfera com um sabor todo especial de infância.

Nina era uma menina sonhadora. Em cada viagem que fazia, partia rumo ao infinito azul do céu. Levada pelo vento, a sua bolha de sabão plainava no horizonte. Do lado de dentro da bolha, a cabeça ficava encostada na superfície. As duas mãos espalmadas na fina membrana quadriculavam uma janela. Com olhar atento, e um sorriso de alegria estampado no rosto, contemplava tudo com admiração. Conheceu lugares fantásticos e inimagináveis.

Num estalar de dedos, dona Florinda, em plena melodia do alvorecer, acordava Nina para mais um dia de trabalhos do lar.

Com o tempo, a nova família passou a viver em conflitos e ninguém se entendia. Nina prestava-se às lidas do lar: lavava e passava roupas; preparava o alimento e tinha que dar conta da limpeza da casa.

Alegria

Com amor a vida fica mais bela. Os momentos tornam-se inesquecíveis e o encontro com a felicidade brota em cada olhar. É perceber as estrelas que riscam o céu, e um pedido audaz surge como fonte de inspiração. A lua no alto, com o ar da graça, celebra a vida.

Com amor, voo nas asas da liberdade e no sonho mais belo, encontro um futuro de paz. Um ar de reflexão invade o meu silêncio. Respiro a magia do pensar e tudo se transforma.

Façamos um brinde com sabor de alegria; sem amor, a vida apenas passa.

Um sonho possível

Os sonhos de Nina foram pulverizados e, dessa vez, o tempo viajou rápido, igual a uma estrela cadente.

Ainda sem estudar e com a vida sofrida que levava por causa dos maus tratos, aos dezesseis anos resolveu morar na capital das belas praias de águas mornas. A oportunidade surgiu quando o empreendimento do casal não andava bem. Então, aceitou uma proposta de trabalho remunerado. Sem ressentimentos e com perspectivas de dias melhores, agradeceu a todos por tudo e partiu para o Recife. Com a cara e a coragem, foi cuidar de um casal de idosos que a acolheu como se fosse uma filha. Seu Francisco e dona Aparecida. Ambos com os corações e mentes joviais. Foi quando buscou alfabetização e seguiu em frente com os estudos. O esperado sonho estava se concretizando.

Anos se passaram e o casal faleceu. Nina, com o que havia juntado em quatro anos, foi morar sozinha em uma humilde casa. Conheceu Paulo, moço de boa índole, o amor da sua vida. Namoraram, noivaram e o casamento aconteceu dois anos depois.

Frutos desse amor nasceram as gêmeas: Ana Paula e Ana Carolina. Enquanto as meninas cresciam, e por motivos diversos, não foi possível dar continuidade aos estudos. No entanto, a grande conquista daquele período foi a de concluir os estudos básicos. Mais tarde, quando as gêmeas casaram aos dezoito anos, a vida pregou-lhe mais uma peça e levou o seu grande amor. Câncer nos pulmões, esse foi o laudo médico. A vida feliz de Nina escapava por um fio. Sozinha em sua casa, mais uma vez foi à luta para a conquista de um novo emprego.

Em meio ao tormento, e numa noite chuvosa, Nina teve um sonho.

Caminhava desesperada e aos prantos pela avenida à beira-mar, quando em sua direção surgiu um Senhor que lhe amparou e a conduziu em seus braços.

Com os sonhos retomados e a paz no coração, conseguiu aprovação para ocupar uma vaga em um cargo público municipal. Nina seguiu em frente.

As lembranças dos parentes estavam sempre presentes na memória de Nina e, quando era possível, viajava até o interior e alimentava um sentimento de conforto muito precioso, que jamais foi apagado.

As frustrações de criança e juventude ficaram presas no passado e, aos cinquenta e oito anos, após a retomada aos estudos, concluiu-os e alcançou a desejada promoção em seu emprego público. Perseverante, aguardou a aposentadoria e não parou de sonhar.

Antes que o sonho termine

Menino brincando, soltando pião, no campo, correndo atrás de balão. Bolinhas de gude em verde-limão, carrinhos de lata, esperança na mão. Um banho de chuva, brindando a vida, no mato um canto, um sonho sem fim, a casa da árvore, balanço da vida.

O TESOURO PERDIDO

Hoje em dia, é difícil acreditar na existência de baús de tesouros espalhados pelo mundo. Decerto, muitas cidades ainda guardam suas tradições e crendices. Em Maracanã, uma pequena vila de pescadores no litoral pernambucano, a comunidade sempre viveu com poucos recursos financeiros, porque certamente não precisava de muita coisa para ser feliz.

* * *

O mar de Pernambuco é belo por natureza. Seu esplendor, traduzido no verde-esmeralda, é apreciado logo na chegada. As águas mornas de Boa Viagem e a sombra dos coqueirais em Olinda revelam a alegria do bem viver.

Num clima agradável e harmonioso, é bom estar em Enseada dos Corais e Calhetas. As areias molhadas pelas ondas que quebram na praia dão uma sensação de bem-estar que faz bem ao coração.

A brisa e o sol das manhãs remetem a boas recordações, enquanto as estrelas do céu e do mar encantam as praias de norte a sul do litoral pernambucano.

O Forte Orange, a Ilha de Itamaracá, o passeio e a travessia de barco até Coroa do Avião trazem a paz das tardes inesquecíveis de verão.

O entardecer em Mangue Seco, a casa na praia e a beleza do pescador em sua jangada na linha do horizonte são motivos de satisfação.

A natureza nos deu um presente de sonhos, transformados em realidade. O amor e a paixão fazem do mar de Pernambuco um verdadeiro tesouro.

O sol, o sal, o mar.
A praia de areia dourada,
o peixe na mesa.
O pão de cada dia,
a lua cheia.
A imensidão azul,
as estrelas.
O ciclo das marés,
a ilha distante.
O vento forte,
a canoa quebrada.
Os riscos,
a sensação do prazer.
O homem nas mãos de Deus,
o pescador.

Alvoroço na cidade

Na escola, os meninos estudavam até o encerramento do ensino básico. Em princípio, ou faltavam mais incentivos que pudessem incluir os jovens em cursos profissionalizantes, ou porque eles não tinham interesses em seguir adiante. Lá, as novas tecnologias já existiam. Mesmo assim, internet e *smartphones*, tudo isso não era necessário e ninguém sentia falta. A terra era produtiva e o mar provia o sustento dos seus moradores. Logo, o interesse em ir para o Recife era pouco ou quase não existia.

A felicidade estava ali mesmo e não a precisavam buscar noutro lugar. Na capital dos grandes coqueiros, o mundo parecia cruel. Mas, em Maracanã era diferente, pescar e comer o próprio peixe era gratificante, e o prazer não tinha preço. Subir nos pés de manga, observar a beleza das aves e correr atrás de pipas agradava a qualquer criança.

Como tudo na vida, um dia as coisas mudaram. Certa vez, surgiu uma notícia com uma proposta um tanto tentadora. A novidade parecia ter saído de histórias de piratas. No entanto, Maracanã não possuía piratas, mesmo tendo a praia como fundo de quintal. Na vila de pescadores, tudo era compensado pela beleza do lugar que enchia os olhos e proporcionava sensação de prazer e de bem-estar a quem chegasse por lá.

O primeiro a receber o comunicado foi o seu Fabrício da venda central. Dizem por aí que fofoca é coisa que corre em boca *miúda*. É verdade! Num instante, todo mundo já sabia da grande notícia trazida por um aventureiro. Era um homem de pele clara, trajando vestes esquisitas, com uma jaqueta de vários bolsos e botas estilo aventureiro.

O moço parecia um arqueólogo, e as suas botas sujas de terra não negavam que se tratava de alguém que procurava algo que pudesse estar em algum lugar próximo da vila de pescadores.

— Boa tarde, senhor! — cumprimentou o dono da venda. Em que posso ajudar?

— O meu nome é Jacques e estou aqui para dizer que tenho uma notícia muito boa para os moradores de Maracanã.

— E qual a notícia? — perguntou seu Fabrício.

— É que nas redondezas da vila de pescadores há indícios da existência de um tesouro valioso, que foi escondido por um fazendeiro muito rico e que não queria deixar heranças.

— Não acredito! Conte um pouco mais da novidade — questionou, surpreso, seu Fabrício, com os olhos brilhando de felicidade.

— Tenho as pistas que podem levar a esse tal tesouro.

— É verdade isso que o senhor está me contando?

– Sim, seu Fabrício, é a mais pura verdade.

Como em qualquer região, sempre poderão existir histórias, das mais medonhas possíveis. Naquele instante, contou o forasteiro que, após a época em que os escravos haviam sido libertados das casas de engenho, um senhor muito rico havia enterrado toda sua fortuna em algum local das redondezas do povoado.

Dizem que o homem era podre de rico e tinha um semblante muito sombrio e tenebroso, gostava de castigar os escravos e era cruel com a família.

– Nas minhas andanças, descobri que o senhor de engenho enterrou toda a sua herança e deixou algumas pistas que somente poderiam ser reveladas depois de muito tempo – explicou o forasteiro.

– E como o podemos encontrar?

– Posso explicar – afirmou Jacques.

Assim, a conversa fluiu por algumas horas.

Como um raio que risca o céu e encontra o chão, a notícia correu de boca em boca. A verdade é que todos acreditaram que o sonho de encontrar um tesouro poderia se tornar realidade. Anseios e desejos passaram a fazer parte da vida de cada um dos moradores de Maracanã, principalmente dos mais novos e dos mais velhos.

O alvoroço passou a atrair a atenção, até mesmo daqueles que moravam em lugarejos vizinhos, pois a fortuna poderia estar em qualquer lugar. Por acaso, o tesouro dentro dos terrenos das casas de qualquer um dos moradores poderia trazer uma sensação de euforia muito boa para quem o encontrasse.

Caio era um garoto que sonhava um dia ser muito rico. Imediatamente, foi movido pelo prazer do desafio de encontrar o tão desejado tesouro. Seria o máximo para um rapaz de treze anos. Dona Francisca, sua mãe, viajava em pensamentos e flutuava nas asas da imaginação.

É preciso viver

Às vezes, é preciso ser feliz, mesmo sabendo que existe perigo. Às vezes, é preciso ter coragem para enfrentar o perigo. É preciso viver e poder dizer que tudo valeu a pena.

O pergaminho

Em busca do tesouro perdido, muitas coisas puderam ser encontradas e dentre elas o prazer de viver grandes emoções. O homem esquisito, chamado por todos de forasteiro, trouxe mapas e notícias da época dos engenhos, que remetiam a pistas para encontrar o tesouro. A primeira delas levou todo mundo para o engenho abandonado e habitado por morcegos.

Era apavorante imaginar ser vampirado pelas criaturas da escuridão. Mesmo assim, a adrenalina era o suficiente para encarar o desafio. Com muita dificuldade, Caio e Joel foram os primeiros a chegarem nas instalações abandonadas. Lá, descobriram carcaças de animais, moendas abandonadas e quadros antigos nas paredes desgastadas pelo tempo.

— Caio, que aventura! — comentou Joel.

— Que aventura, que nada, encontraremos o tesouro e ficaremos ricos.

Enquanto isso, os meninos permaneciam na missão e atentos. Com tanta atenção dispensada, constataram que perderam muito tempo em vão, pois não encontraram nada parecido com a descrição deixada pelo forasteiro. Então, Caio teve a ideia de seguir para a próxima pista, ainda na propriedade abandonada. A pista levava para o provável tesouro. Encontraram umas escrituras nas paredes do engenho.

Os desenhos remetiam a mapas com algumas setas que apontavam para os labirintos do famoso manguezal da região. Dizem os mais velhos que aquele que se perder no mangue nunca mais retornará.

Enfrentar a profundidade da lama constituía um ato de coragem para quem se atrevesse a entrar nas águas misteriosas do mangue.

Astuto, Caio foi o primeiro a chegar ao local.

Realmente, a indicação deu a precisão correta.

— Que maravilha! — confabulava o rapaz.

— Belezura de mangue — comentou Ritinha, uma linda garota de olhos cor de esmeralda. Era uma das meninas do grupo, que, sorrateiramente, se aproximou de Caio.

— Verdade, Ritinha! Seja bem-vinda!

— E vocês, encontraram alguma coisa?

— Nada demais, Ritinha — respondeu Joel.

Ritinha sempre foi uma garota simpática e inteligente. Levava a vida numa boa e adorava estudar e se divertir na praia. No entanto, a aventura do momento deu um sabor todo especial.

Num clima de investigação, avistaram algo interessante e que poderia mudar completamente o rumo da caçada. Ou não?

— Caio, você viu aquilo? — apontou Joel.

— Não consigo ver nada demais.

— Estou vendo, é uma passagem que fica abaixo da linha d'água, margeando o paredão — afirmou Ritinha e seguiu na direção da barreira de corais.

— Nossa, Ritinha, você é um gênio! — exclamou Caio.

Não perderam tempo e mergulharam no desconhecido. Alcançaram uma passagem e com pouco ar conseguiram chegar a uma pequena gruta ornada com calcário lapidado pela natureza. Dentro do esconderijo dava para sentir uma sensação de conforto, porque o oxigênio era o suficiente para se passar algum tempo. Antes da alta da maré.

— Mas, cadê Joel? — perguntou Caio.

— *Eita*! Aonde foi parar o menino? — questionou Ritinha.

Por um instante, o desânimo invadiu aquele lugar, e o coração acelerou mais forte. Em poucos segundos, Joel surgiu no meio das águas, são e salvo.

— Joel, você está bem? — perguntou Caio.

— Sim, apenas aguardei um pouco, porque temia a profundidade das águas do mangue, respondeu o menino.

Todos os moradores da cidade descobriram que a lenda do tesouro perdido não passava de uma peça pregada pelo forasteiro. Logo todos retornaram para as suas casas, e a pacata rotina da vila de pescadores se estabelecia.

Na gruta do mangue, Caio, Joel e Ritinha fizeram

uma grande descoberta. Encontraram um baú empoeirado. Quando abriram, encontraram um pergaminho com escritas desenhadas com caneta-tinteiro:

"Parabéns, você conseguiu encontrar o verdadeiro significado da vida."

O forasteiro, por natureza, era um homem que havia fugido do manicômio e gostava de aprontar por onde passava. Seguiu tranquilo e rumo à próxima aventura, noutra pequena e pacata cidade. Aos passos leves, levou consigo novas pistas que remetiam a sonhos e realizações.

OUTRAS REFLEXÕES

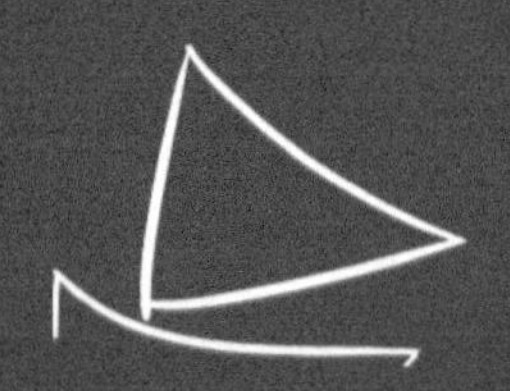

Recife: escrevo na areia

Margeando a cidade,
um infinito mar de sonhos.
Terra do frevo e das canções,
água de coco e paixões.

Recanto da cultura e tradições,
revela grandes surpresas.
Pernambuco em lua e cor,
repousa nos corações.

Vitória-régia, perfume em flor.
Refaço as minhas lembranças,
Casa Forte dos meus sonhos.

Um passeio de catamarã
contagia com certeza.
Bela canção das águas,
Capibaribe é natureza.

Frevo, maracatu atômico,
Chico Science, Nação Zumbi,
alfaias anunciando o ritmo.

Embalado na canção,
encanto dos mil sons,
Carnaval e emoção.

Bolo-de-rolo é cultura,
tapiocas de sabores,
milho-verde e canjicas,
no calor de uma fogueira.

O sol queimando a pele,
um sorriso encanta os lábios.
Recife é poesia que escrevo na areia.

Minha terra tem coqueiros

Beleza sem fim e iluminada por Deus. Encantamento dos mangues. Em tua casa mora a felicidade. Paraíso ao entardecer, do Forte Orange é tudo beleza. O mar quente abriga surpresas, respeite a natureza.

Paisagem encantadora do interior traceja o litoral com as canas-de-açúcar. Do agreste aos desertos dos sertões, encontra-se nos corações. Garoa fina molha a terra e o telhado, traz um ar de graças e paz.

Saudades de quem partiu, Marco Zero ficou. Os guarda-chuvas anunciam o inverno, e as sombrinhas multicoloridas, o frevo. Clima aconchegante das noites em Aldeia. Quero uma rede para embalar.

Orlas de Olinda e Boa Viagem. Os segredos de uma vida de paz e harmonia. Paisagens de pura sedução. Sentimentos brotam à flor da pele. Alegria é poder estar de bem com a vida.

Sítio da Trindade e Parque da Jaqueira. Lá, os pássaros cantam. Da Aurora, o Capibaribe é alaranjado ao amanhecer. É mais um dia de correrias por entre as pontes do Recife.

Da Sé, o mar é um presente iluminado pelo farol. Pernambuco é o meu lugar: minha terra tem coqueiros.

Frevança

Os passistas dão o brilho,
no tempo da canção.
Arco-íris da beleza,
no ritmo da paixão.
Energia com certeza,
provocando emoção.

No meu rosto a alegria,
estribilha sensação.
As sombrinhas a girar,
contagiam o coração.
O meu povo a cantar
aquele belo refrão.

As cores da nossa terra
engrandecem o meu ser.
Construindo a fantasia,
corpo suado de prazer.
Esbanjando simpatia,
dá vontade de viver.

Nossa gente é guerreira,
nos passos dessa dança,
um perfume inebriante.
Maravilha de festança,
sigo bem extasiante,
no embalo do frevança.

Eu e o mar

Vislumbrando o horizonte, vejo o céu azul anil. Onde estão as pessoas e as suas loucuras? Posso imaginar pequenas embarcações despontando no horizonte, e nada, além-mar.

Aos poucos, contemplo a silhueta de um pescador em sua jangada, sozinho, perdido na imensidão das águas.

Tardezinha vem chegando, um clima harmonioso e alaranjado transforma a paisagem num lindo sonho.

O vento traz boas recordações, num êxtase de paz e tranquilidade. Anoiteceu e o que restou? Eu e o mar.

És linda Olinda

Mar verde feito esmeralda, território histórico dos Quatro Cantos. Vento forte a soprar as ondas que se quebram na praia. Mal posso ver da Sé. Espumas no ar e o sabor da maresia nos lábios dão uma sensação de conforto. Farol a iluminar as noites de verão. És linda, és Olinda!

Luiz Lua Gonzaga

Um sonho em canções, *Aquarela nordestina* fez da sua melodia sucessos inesquecíveis. Viajando pelas estradas foi *A Feira de Caruaru* e encantou as *Noites brasileiras de São João*. Hoje, no calor das fogueiras, adormece no frio das manhãs. *Assum-preto*, *Asa-branca*, *Estrada de Canindé*: que bom, que bom que é a *Vida do viajante*.

Um Legado deixado, *Vira e mexe* sacudiu o Brasil. Belo é o *Xote das meninas*, esse é o *ABC do Sertão*. *Respeita Januário*, o velho pai amado por toda a vida. Entoou *Acauã*, do saudoso Zé Dantas e trouxe o canto de um pássaro, diz a tradição, chama a seca pro Sertão.

Vai boiadeiro que a noite já vem, *Sangue de nordestino* foi embora e deixou o seu encanto.

Nos pensamentos, a saudade de quem muito cantou o nordeste brasileiro. É Luiz, é Gonzaga, é Lua, é o Rei do Baião, Luiz Gonzaga, o Gonzagão.

Nuvens em forma de coração

Sentado à beira-mar, inspirando sentimentos, estrelas soltas riscam o céu. A luz dos teus olhos ilumina o meu pensar, claro como o luar, és um êxtase de emoção. Contemplo um azul infinito que habita pensamentos, acalma o silêncio e deixa as marcas do tempo. A chuva fina molha a terra, refresca e tranquiliza; lindas paisagens de estradas sem fim que, em verdes horizontes, inspiram poemas. O meu caminho, contigo quero seguir.

Nuvens em forma de coração, sonhos em forma de realidade. Alaranjado, o pôr-do-sol anuncia o luar, fonte inesgotável de sedução. Suave como uma música romântica, inebriante, entontece com o mais puro aroma dos campos.

O ar desperta sensações inconfundíveis, e o segredo das madrugadas revela a solidão.

Saudade, prelúdio da paixão, leva nas horas o sabor do passado. Atina, provoca e acende o desejo do encontro: amor, condição de quem vive momentos inesquecíveis.

O poeta

"Viver é uma arte" disse-lhe um sábio amigo. Então, a vida apresentou-se para o poeta em sua forma mais sublime e transformou arte em poesia.

Caneta na mão, papel, tinta e imaginação. Riscos suaves tracejam os pensamentos. Sentimentos em forma de rabiscos dançam em linhas azuis e dão a emoção necessária ao momento. Letras se confundem com fantasias e se misturam com o prazer. À primeira vista, tudo lhe é revelado e as palavras fluem – viajam no passado e trazem a esperança do futuro.

Os traços bailam, e a tinta marca a trajetória de um instante precioso, surge poesia.

O fundamental é ser feliz

As páginas da vida podem ser grafadas em linhas tênues que ultrapassam os limites da imaginação. Lembre-se que qualquer desvio pode trazer consequências irremediáveis: não trilhe linhas tortuosas. Viver é seguir em frente e saber reconhecer a simplicidade da vida:

– É poder estar de bem consigo, com Deus e com o próximo;

– É ter discernimento e coragem para enfrentar cada desafio.

A condição fundamental é ser feliz.

Conhecimento

O conhecimento é um investimento a longo prazo. Sua moeda é o saber, que vai se acumulando durante a vida. O que se constrói, não se destrói tão fácil. Conhecimento e sabedoria fazem da vida uma verdadeira arte.

POSFÁCIO

Por Jairo R. Freitas[1]

Escrever sobre esta obra é, para mim, uma tarefa deveras prazerosa. Ao percorrer as páginas deste livro, muitas lembranças me vieram à mente, e as emoções afloraram. Entre contos eu fui conduzido ao Recife da minha infância e a algumas cidades do interior pernambucano, locais onde, ainda hoje, mora a felicidade. Como não se emocionar com os belos contos e minirromances aqui narrados? Como não vibrar com as histórias de personagens tão fortes, como seu Bernardino, dona Laura, dona Rosália, Laurindo, Paula, Francisco, Catarina, Josué, Nina, Jacques e outras figuras emblemáticas, cada qual com seus problemas, suas emoções, seus sentimentos e suas loucuras? O autor Gleidson Melo é magistral: ao tempo em que nos presenteia com belíssimas histórias, também revela sua veia poética, mostrando talento e sensibilidades em seus poemas. E o uso do "pernambuquês" é um capítulo à parte nesta graciosa obra. Entre Contos é um trabalho sério, bem construído e carregado de emoções, como devem ser todas as obras poéticas. É leitura obrigatória para quem tem bom gosto literário.

---

[1] Jairo Freitas é escritor pernambucano, radialista e poeta. É pedagogo, professor e um dos pioneiros do Programa Educacional de Resistência às Drogas e à Violência (PROERD), com atuação em todo o Brasil, programa promovido pela Polícia Militar de Pernambuco (PMPE), por onde faz parte do corpo da reserva como tenente-coronel.

GLOSSÁRIO PERNAMBUQUÊS

Pernambuquês

Atabacado – tolo; bobo; besta.

Bença – pedido de bênção.

Cambimba – peixe muito pequeno e que serve de alimento.

Charque – Em Pernambuco se diz "a charque".

Cumade – comadre.

Donzelo – homem com comportamento infantil.

Eita – interjeição de espanto.

Envenenado – diz-se de quem perde a noção dos acontecimentos e das coisas.

Estrimilique – quem perde o senso comum; estado de nervosismo. Exemplo: o menino ficou dando estrimilique no supermercado, porque queria um chocolate.

Mãinha – maneira carinhosa de se referir à mãe.

Marminino – contração de "mas menino".

Geralmente é usado para demonstrar alguma indignação. Exemplo: "– Marminino, eu trabalho duro e você quer meu dinheiro?"

Miúdo – pequenino; muito pequeno.

Morta-fome – quem ou aquele que não consegue saciar a fome; um coitado que está morto de fome; que não consegue parar de comer.

Mucambo – moradia simples construída de maneira artesanal; barraco; casebre.

Ôxe – interjeição de espanto; oxente.

Oxente – interjeição de espanto; o mesmo que oh! Gente!

Painho – maneira carinhosa de se referir ao pai.

Percata – sandália de couro.

Titia – grau de parentesco equivalente à tia.

Titio – grau de parentesco equivalente ao tio

Treloso – quem faz traquinagem.

Visse – você viu.

Vôte – Uma surpresa inesperada.

SOBRE O AUTOR

Gleidson Melo nasceu no Recife, Pernambuco, Brasil, em 1969. Tenho a certeza do encontro com a paz e entendo que a oferta é gratuita. Acredito que há uma infinidade de razões para estar alegre e satisfeito, uma delas é poder fazer as pessoas felizes. Sou otimista, perseverante e acredito na conquista. Entendo que nada vem do acaso, e tudo tem o seu valor. Aprendo com as coisas boas que pratico e busco sempre a realização dos sonhos, por ter a recompensa da satisfação de estar trilhando no caminho certo.

Gleidson Melo

Confira também *Contos de roda* (2018). O livro reúne uma coletânea de contos, cuja essência remete à nostalgia das histórias e registros de causos medonhos, em um misto de folclore e lendas urbanas, que, certamente, estão presentes na cultura popular e permanecem como legado intergeracional de muitos lugares do Brasil. Ao recordar os idos da década de 1980, entre amigos e familiares, bastava que somente um dos participantes de uma roda de contos relatasse uma história de alma penada, para que o assunto se estendesse até altas horas da madrugada. O resgate cultural por meio dos contos de roda pode se tornar essencial e um alento memorável e nostálgico dos tempos vividos em uma época boa da juventude. No entanto, é notório destacar que essa tradição vem se perdendo e dando espaço para um mundo cada vez mais tecnológico e de comunicação instantânea. Em meio a esse turbilhão de informações e facilidades, o livro disponibiliza a oportunidade de uma leitura agradável e cheia de mistérios.

www.ingramcontent.com/pod-product-compliance
Lightning Source LLC
LaVergne TN
LVHW090152180726
843489LV00006B/1992